U0068013

愛情

有邏輯嗎？

君靈鈴、葉 櫻 合著

天空數位圖書出版

目 錄

愛情有邏輯嗎？

文：君靈鈴

楔子

　　葉盼藍是個凡事講求邏輯的人，她認為萬事都應照邏輯運行，如果事情不照既定邏輯走，那她就會覺得渾身發癢，甚至導致她夜晚失眠無法入睡。

　　不過，不按牌理出牌的人一向存在，自從方凱爾出現後，他那世界邏輯兩字雖存在，卻從來不被他重視的態度惹惱了葉盼藍，而他認為人生就應瀟瀟自在不要被一些既定觀念給束縛的行事作風，更是讓葉盼藍恨不得他能早點消失在自己眼前。

　　然而很不幸的，表面上看起來如此不對盤的兩個人卻必須合作共事，對葉盼藍來說，方凱爾的性格與作為簡直跟離經叛道沒兩樣，但她萬萬沒想到，方凱爾居然會對她有興趣，讓她只想大喊……

　　從我規規矩矩的世界滾出去吧！

一、冤家

　　一切都很不對勁，事情沒有依照正常軌道發展，這是葉盼藍最近感覺到的事，而這是她進公司八年努力爬到目前這個位置以來頭一次覺得別部門來支援真是一件天殺的壞事。

　　基本上，她雖然是個邏輯控，很多事都有她自定的流程，也覺得不管任何事都照邏輯走一定沒錯，但她並沒有專制到會非常硬性強迫對方配合，通常只會軟性勸導，而對方如果沒有配合，她就會不開心好幾天，但是現在……

　　她覺得自己非常不開心，而這一切都是因為方凱爾這位個性無賴的男人！

　　她跟他八字絕對不合！但偏偏上頭交代這次的大案子他們兩部門得合作，她身為企劃一課的課長，就算對方是個三個月前才空降在企劃二課課長位置的傢伙，但聽說人家是因為實力堅強才被挖角過來，所以本來想好好與對方合作，誰知道姓方的傢伙做事完全不照規矩走，隨性到爆炸也就算了，最令她討厭的是他最喜歡對她說一句話，那就是……

　　「邏輯小姐，妳不累喔？」

　　「不好意思！在你出現之前我從來沒覺得累。」

　　會議完畢，兩部門兩巨頭無法達成共識也就算了，但在葉盼藍要離開前方凱爾又晃過來一臉痞樣說了這句話，也難怪葉盼藍會馬上火冒三丈，語氣自然也不會太好。

　　「哎呀！妳怎麼這麼說？我昨晚沒跟妳見面，妳怎麼會累？」方凱爾顯然很故意想逗葉盼藍。

　　「方凱爾！你給我滾回企業二課！」火山爆炸就在今朝，葉盼藍指著方凱爾的鼻子大吼，引來四周員工紛紛走避。

其實這個合作企劃開始快一個月了，會議也開好幾次了，大家都已快見怪不怪，走避只是給兩大巨頭可以繼續好好鬥嘴的機會而已，因為大家都知道方凱爾絕對不會因為葉盼藍一句大吼就乖乖走人，他這個人也不知道怎麼回事，特別愛逗葉盼藍，而激怒她顯然是他的最愛。

「我放著好好的路不走為什麼要用滾的？難道在妳的邏輯裡顯示人類應該用滾動作為移動的方式比較有效率嗎？」方凱爾果然沒走，依然很快樂繼續做他最近最熱愛做的事。

不要怪他，這當然是因為葉盼藍讓他覺得很有趣他才這樣的，無趣的事他向來不感興趣甚至連看一眼都嫌多餘，可見她有多合他心意。

「方凱爾，你夠了！不要再繼續惹我！」葉盼藍惡狠狠瞪了方凱爾一眼後就氣呼呼的走了。

要知道，她不是不知道自己的反應好似讓方凱爾很快樂，但是對誰都可以冷靜的她就是無法在方凱爾挑釁後冷靜下來，才會導致目前的局面，她也知道自己這樣不行，畢竟淪為別人的樂趣可不是她樂見的事，但她只要一見到方凱爾那欠揍的臉，她就無法克制自己火氣往上冒，尤其是在他開口說話後更加嚴重。

這樣下去不行，她必須找回自己身為企劃一課巨頭的尊嚴跟地位，不能再這樣任由他人擺佈，因為邏輯來說她是這個職

場的老手不應該敗給空降部隊，所以這次企劃就算上頭命令兩課合作她也要拉回主導權讓那個老是嘻皮笑臉惹怒她的男人面子掃地才行！

二、意外

很多人會因為方凱爾的個性及外表忽略他的能力，就算傳說他是因為能力太強才被挖角過來也無法遏止那些只聽聞沒見識過他能力的人對於他的質疑。

再加上企劃一課、二課一合作他似乎就把逗葉盼藍為樂當成最大目的，就此更加深了某些人對他能力上的否定，認為他可能是靠關係才成空降部隊，而這個八卦自然也在不久後傳入了葉盼藍的耳裡。

如果方凱爾真是個草包那正好，葉盼藍簡直太開心了！

在她看來雖說是八卦，但她覺得可信度很高，畢竟任她再怎麼看也不認為那種看起來吊兒郎當的男人會有多厲害，邏輯上來說，上班時只想著嬉鬧的人能做什麼大事？

況且前面幾次會議她也沒看出方凱爾有什麼能力，很多時候都是靜靜在一旁聽著一課、二課的下屬提出建議，真要他說話的時候他連哼都沒哼一聲，這樣的人會是因為能力好被挖角過來？

葉盼藍越想越不可能，她越想越開心，因為如果草包傳言屬實，那她讓方凱爾面子掃地的那一天就指日可待了。

越想越開心，會議時間葉盼藍雖是一張嚴肅的臉，但她心情出奇的好，好到方凱爾忽然站起來拿下主持權她都沒吭聲，因為她覺得他嘴裡肯定吐不出好方案，但事實是這樣嗎？

「開了這麼多次會，大家都提出不少建議，雖然我認為沒一個能用的，不過還是謝謝大家，而因為已經給大家這麼多時間卻沒有一個人能說出像樣的點子，那就只好由我主導，要不耽誤了時間上頭可是會怪罪下來。」收起了笑臉，方凱爾的眼神不知何時變得銳利了，在眾人驚愕之際讓他的秘書把他親自完成的文件發給大家，而葉盼藍自然也拿到了一份。

「等一下！明明是兩課合作為何突然變你主導？」第一個醒過來的是葉盼藍，身為企劃一課的課長，剛剛下屬都被貶低了一回，連帶她面子也掛不住，她當然得出聲。

至於二課的人也被自己的課長擺了一道這件事不在她管轄範圍，恕她置之不理，謝謝。

「那是因為葉課長妳的主導下，案子一點進展也沒有。」很顯然今日的方凱爾不是平日的方凱爾，對葉盼藍的稱謂居然變了。

「怎麼會沒有進展？我們不是常常開會討論，而且你聽完之後都沒發表什麼意見，你怎麼可以在這種時候推翻全部人的想法？」葉盼藍簡直不敢相信方凱爾會這樣說她。

這個男人的行事真的沒有一點邏輯可循，真是討厭死了，居然還當眾削她面子，是當她好欺負嗎？

葉盼藍站起身與方凱爾對峙著，體內那把火正熊熊燃燒。

「如果真有進展，妳跟我早就拿著定案的企劃書去見老總了，怎麼還會一直在開會？如果之前幾次能夠搞定，何必拖到這種時候？妳捫心自問，妳是不是也都覺得好像缺了什麼所以才遲遲無法決定？」方凱爾的眼神很冷，語氣也很犀利。

「我……」葉盼藍當場語塞，因為方凱爾最後那句話她沒辦法反駁。

的確，每回誰提出什麼都讓她覺得少了點什麼，所以她本來的方針是集眾人之大成，在期限內多討論幾次一定會有最好的結果，但偏偏今日方凱爾不知為什麼反常，讓她不知該如何反應。

「請大家都先看看我的企劃書，包括葉課長，謝謝。」很明顯的，方凱爾現時的態度很強硬，就是多說無益，想反擊就等看過再說。

結果這一看，大家都傻了，尤其是葉盼藍，她臉上咬著唇不發一語，內心除了震驚還有驚艷。

居然不是草包嗎？

還是這企劃案是他去拜託哪位大師完成的？

不想服卻不得不服的狀況讓葉盼藍心口很悶，她明明跟自己說好要讓方凱爾的面子掃地，現在卻換她該去掃地了！

「如何？葉課長。」光看葉盼藍臉上青紅交錯方凱爾就知道自己贏了這一局，但他的目的不是為了要削誰的面子，只是盡一個被高薪挖角過來的空降部隊本分而已。

但話又說回來，葉盼藍接下來會是什麼反應，他倒是很好奇。

他如此正經展現實力破除八卦，希望不要被她討厭，因為他真的挺喜歡她的，逗她是他目前最大的樂趣，雖然今天可能沒得逗，但往後他希望可以繼續下去，不然他會很無聊。

「方課長，我們現在就去見老總。」內心很嘔很掙扎，但葉盼藍很努力維持自己身為巨頭之一的氣魄，對著方凱爾說完之後就率先走出會議室，在會議室門口等他。

方凱爾很討厭，但他的企劃案沒地方可挑剔，葉盼藍再不甘也只能肯定他在這方面的能力，不過請注意，只有這方面，在其他方面他還是她目前最討厭的人，這一點絕對不會改變！

三、下班後的相遇

失敗！

今天是她職涯至今感到最失敗的一日！

葉盼藍很悶，悶到下班她實在有點受不了揹著包包快速走進超商橫掃一堆零食飲料打算回家大吃大喝紓解內心的悶，好巧不巧就在她正想把架上的巧克力甜食全都掃到籃子裡時，一隻手出手阻攔了她的計劃，她惡狠狠偏頭一瞪卻發現方凱爾正一臉微笑看著她。

「今天妳買的都算我的吧，不過留一支巧克力棒給我。」

「不需要！」

葉盼藍馬上冷下臉，接著把巧克力棒全部掃光，一根也不想留給他。

討厭鬼陰魂不散！

她快速轉身提著籃子就要結帳，結果再度被方凱爾擋住。

「邏輯小姐，妳該不會因為我今天的行為不符合邏輯所以才這麼生氣吧？」如果是這樣，方凱爾會覺得自己很冤。

「討厭鬼先生，我討厭妳是因為你以逗我為樂，老是惹我生氣，而我本人非常討厭這樣。」他能幫她取綽號當然她也可以，這回她沒在客氣了，既然他想知道為什麼，那她就告訴他！

「確定嗎？但我覺得妳臉上寫著『我今天很失敗』六個大字。」不然怎麼會以購物發洩呢？

方凱爾一雙眼瞥了下她爆滿的籃子。

9

之前他逗她，可沒看過她像今天這般衝進超商橫掃零食！

「你該不會……一直都跟蹤我？」從他的眼神中葉盼藍馬上發現事有蹊蹺。

「說跟蹤真難聽，我也住這附近，也是很常來光顧。」說來比她常來呢。

「那請你就算在這裡看見我也不要去注意我的一舉一動，謝謝你！」咬牙說完葉盼藍馬上提著籃子就要走，但才走了兩步她就發現方凱爾竟然快速越過她，但這也就算了，重點他順手搶走了她的籃子。

他現在到底是想怎樣？

「說了我來結帳，妳剛剛沒聽到嗎？」回頭一個挑眉，方凱爾眼底卻是一抹我說到做到不容許反駁的光芒在閃動。

「我又不是沒錢付！」就這麼點小錢，葉盼藍很確信自己花得起，而且她不想吃討厭鬼買的東西。

這人到底是怎樣？

平常明明就是紈褲子弟的模樣，那就該貫徹到底，結果今天是怎麼了，工作上忽然發威不說，現在又是這德性，是突然哪根筋拐到想改演霸道總裁了是吧？

葉盼藍瞪著方凱爾，實在不知道該怎麼形容這個人，想搶籃子又搶不回來，總之氣死她了！

「別瞪我，也不用說謝謝，另外我要告訴妳，今天在公司我必須得那麼做，如果有得罪的地方那就請妳多包涵了，畢竟我不是草包，也不想當草包，更不願意一直被當成草包討論。」這個解釋是以課長對課長的立場說的，畢竟方凱爾很清楚葉盼藍跟他的職位是對等的，他今日這樣算是殺了她一回面子，以她的個性肯定會不開心的。

雖然他愛逗她看她氣呼呼就覺得有趣，但這些日子下來也知道她氣都是氣一時的，但如果今日白天的事件讓她必須狠狠記上一筆，那他可就不願意了。

「總之就是想掙回一點面子是吧？」葉盼藍沒好氣地回。

「如果是妳，妳不會這麼做嗎？」邏輯上她一定會，方凱爾很確定。

「……會啦，不過話說回來，那是因為你是空降部隊，本來揣測就會比較多，你又老是吊兒郎當的模樣，邏輯上來說大家覺得你是草包很正常。」誰叫他平常老是那副不正經的模樣，怪誰呢？

「所以我不發憤圖強怎麼行？如果妳腦海把草包這兩個字跟我劃上等號，那我不就虧大了？我可不想在妳眼中是個草包。」方凱爾忽然停下腳步湊近她。

「走開啦！」葉盼藍嚇了跳，後退一步的同時手也舉起像趕蚊子一樣揮舞著。

「小藍藍，記住我今天說的話，我做事從來不照邏輯，追求這件事也一樣。」說完，方凱爾不意外看到葉盼藍一雙眼瞪的老大。

「不……不要亂說話！」葉盼藍被嚇到當場結巴。

「是不是亂說話，妳之後就知道了。」朝她眨眨眼，然後方凱爾就帶著愉快的心情去結帳了。

亂說話？

不，他這麼正經的人怎麼可能會這樣呢？

他想追她也一定要追到她，不然他每天逗她每次死纏爛打是為什麼呢？

他又不是吃飽太撐對吧？

四、該死的不合邏輯

方凱爾是個怪人兼討厭鬼這件事葉盼藍自然清楚得很，但她沒想到他居然想追她，這到底是……

啥情況？「等一下！」

因為方凱爾的追求宣言讓葉盼藍太過震撼導致她莫名著了他的道，買的東西是他付的帳不說，東西也被他提著然後就這樣傻傻在他帶著笑容說「我送妳回家」之後就乖乖帶路，一直到家門口而他把東西交回她手上時才回神叫住他。

不行，她發現她得搞清楚是怎麼回事，因為這一切太不合邏輯了，他們之間有發生什麼是需要他有「追求她」這種行為發生嗎？

「怎麼了？」方凱爾回頭，一臉不解。

「我不懂你到底怎麼回事。」這是實話，葉盼藍真的是這樣認為。

「什麼怎麼回事？」走回她面前，他笑問。

「你……說要追我是真的嗎？為什麼？」她覺得她必須得到答案，立刻！

「當然是真的，至於原因當然是我喜歡妳，喜歡妳才會想追求妳，這很難理解嗎？」方凱爾有點啼笑皆非。

「喜歡？為什麼？」什麼時候什麼地點什麼原因什麼癥結點讓他喜歡她？

葉盼藍實在搞不懂！

「喜歡就是喜歡，這是人的一種感覺。」事情就是這樣。

「不對！邏輯上來說什麼事都有跡可循有理由，怎麼可能就靠一種感覺你就想追我？」這種說法葉盼藍不接受。

「小藍藍，妳這毛病真不改嗎？任何事都講求邏輯妳不累啊？」方凱爾當場失笑搖頭。

「那是因為講求邏輯會讓很多事更有條理，我不喜歡不清不楚，如果不清楚的事我一定會搞清楚，而且如果事情不照邏輯發展，很多時候就會失控！」葉盼藍一直都這樣認為。

「不可否認妳的話可能沒錯，但有些事不適用邏輯妳懂嗎？」方凱爾伸出手指在她面前晃了晃。

「不可能！」別想推翻她根深蒂固的觀念。

「那我們就來試試看吧，現在妳不喜歡我，甚至覺得我很討厭，在邏輯上來說妳會認為自己沒有愛上我的那一天對吧？」他問。

「對！」這一點相當明確。

「那如果萬一妳愛上我了，是不是就推翻妳的論點了？」他又問。

「對！但那是不可能的！」此刻，她態度相當堅定。

「那好，讓我們拭目以待。」丟下宣言，他瀟灑轉身就走。

「喂！」葉盼藍當場傻眼。

這個人到底是怎樣？

看著方凱爾遠去的背影，葉盼藍覺得自己非常無言，無言到了極點，但也因此無形加深了她不想屈服的決心。

要她愛上他？

不可能，在邏輯上而言，她絕不會愛上一個愛惹她生氣又幾乎沒一刻正經的男人！

五、電梯內的宣告

歷經了一夜無眠的情況後，葉盼藍毫無意外頂著熊貓眼走進公司，她一邊走著一邊嘀咕，很明顯是在跟自己抱怨害她失眠的罪魁禍首，而很不幸的他就站在不遠處正在等電梯。

當場翻了個白眼，葉盼藍沒有跟他同乘的打算，但這陣子跟他相處後也算大略明白他的個性，要是看到她杵在這兒，以他昨晚的宣言，他肯定會走過來直接拉了她就走，她可不能冒險，雖然一樓大廳欲上班的人潮來來往往，但她還是選了根柱子躲藏，就算被側目也認了。

「小藍藍，雖然有柱子，但是我跟妳之間是有心電感應的，妳來了我當然知道，躲是多此一舉妳明白嗎？」

也就三十秒，葉盼藍就聽到他戲謔的嗓音傳入耳中，讓她當場變臉。

「誰說我在躲，我只是剛好有事需要現在處理，想說找根柱子靠著比較不會累。」她才不會在他面前承認自己是在躲藏。

「喔喔，這樣啊，那我讓妳靠吧，人肉柔軟肯定比柱子舒服。」方凱爾指著自己。

「不用了，怎好如此麻煩您？」要她靠他？開什麼玩笑！

「不麻煩不麻煩，妳就快是我親親愛人了，往後親密接觸多的是，現在就當練習。」一切都很合情合理。

「你給我閉嘴！」他的親親愛人四個字讓四周側目更甚，甚至還有人開始竊竊私語讓葉盼藍當場甩下話就走。

「親愛的，等等我啊！」方凱爾玩得正起勁怎麼可能放人，馬上追上去不說，還直接摟住葉盼藍的腰，把人直接摟進電梯裡。

「你給我放手！」眼見電梯內其他同乘的人紛紛死命往牆上靠，為的就是留空間給他們這兩位大主管調情，葉盼藍只能死命掙扎，不料方凱爾的手勁大得嚇人，她根本掙脫不了。

這個人到底怎麼回事？

就算要追她，循序漸進這種事不懂嗎？

一上來就來這麼猛的，一點邏輯都沒有，真是討厭死了！

「親愛的，我什麼時候可以搬過去？」方凱爾輕輕鬆鬆壓制她得掙扎不說，還完全不管有他人在場，直接問了句讓聽的人絕對百分百會誤會的話。

「這輩子不可能！」葉盼藍超氣，衝口就回。

「喔，也對，再怎麼說也是我去接妳搬過來我那裡對吧？」早就猜到她會怎麼回答，方凱爾自然也想好了要怎麼回應。

「你想得美！」氣呼呼的葉盼藍當場跟他大眼瞪小眼。

「想起來是挺美的。」方凱爾是真的覺得挺不錯的。

「你到底想怎樣？」她氣問。

「小藍藍，妳對我說話語氣要改一下，不知道的人聽到還以為妳想跟我打一場，幸好現在沒人。」他佯裝一臉委屈。

「好啊！來啊！打一場啊！我贏了你就不要再纏著我！我告訴你，你別想……」說著說著，葉盼藍才完全消化了他的話，看著只剩他倆的空間發楞。

「他們在我們談情說愛的時候就都出去了，應該是識趣去搭另一台電梯了。」對於其他人的識相方凱爾非常滿意。

「什麼？！」葉盼藍當場傻眼。

「這不挺好的嗎？我想這些好心人應該會順便幫我們昭告天下說我們光明正大在電梯裡調情，一大早感情就很好。」多麼善良的人們是不？

「一點都不好！」葉盼藍當場大吼。

「好好好，妳說什麼都好，我們到了，走吧。」該上班了，嬉鬧也該結束了，摟著她出了電梯，方凱爾便放開了她。

「方凱爾，下不為例，請你不要再這樣做。」葉盼藍眉頭緊皺給了警告後轉身離開。

而目送她走入她部門的方凱爾卻是笑了笑，一點也沒把她的話放在心上。

下不為例？

當然，下次他自然會換不同場合，老是同一個地方有什麼意思，對吧？

六、秘密的休憩地

身為主管，葉盼藍的觀念是雖然不須太嚴肅，但下屬面前還是得保持一定的形象，所以通常在員工餐廳吃過午餐後，她並不會在餐廳或休息室逗留而是避開眾人來到屬於她自己的休憩地。

這是她的秘密場所，就在存放公司舊資料房內部的一個小房間，說來大約也只有幾個老員工知道，她就是其中之一，平常基本上不會有人來這裡，而這對她來說無疑是個可以在休息時間好好跟周公聊一聊的地點。

不過今日，顯然她要跟周公見面是很困難了，原因當然不是因為周公他老人家沒空而是某人在她到達之前已經大剌剌把她收在一旁的薄墊鋪好，且蓋著她最喜歡的薄被就這樣躺在上頭等她來，而且一看到她就歡喜的朝她眨眼睛。

「方凱爾，你到底想怎樣？」什麼事葉盼藍覺得自己都忍下來了，但是侵犯到這個區域她實在忍不下去了！

「小藍藍，一起午睡不好嗎？」方凱爾一臉這是個好主意的表情。

「拜託你出去，這是我唯一可以在公司放鬆的地方，而且邏輯上來說，凡事都有先來後到，你不應該拿我的物品就這樣肆無忌憚的使用，這讓我很不舒服！再怎麼說，禮貌問題總該懂吧？」

「但我想妳今天上午應該很累，我先過來幫妳鋪床不好嗎？」方凱爾一臉無辜。

「一點也不好！還有，你怎麼知道這裡的？」到底為什麼？

還有，她很累還不是他害的！

就是因為他一大早行為就脫序，害她遇到人就要解釋自己跟他沒有在交往，甚至連朋友都不是就只是同事而已，但偏偏沒人要相信她，還說什麼她跟他很配！

拜託！她都開始懷疑那些人到底是什麼居心，居然想硬把她跟他湊對，這是什麼世界？

她也是有自主權的好嗎？

邏輯上來說，只要她不願意，她跟他之間就不可能成立！

「劉叔說的。」拜早上所賜，知道她秘密的人就很熱心來告訴他了，多麼善良是不？

「劉叔……」葉盼藍差點翻白眼，但不能去跟對方發火，因為這位劉叔可是公司元老級人物，地位崇高不說，平時也是很照顧她。

只是，很無奈，她真的很無奈……

「來吧，一起睡啊！」方凱爾朝她勾勾手指。

「誰要跟你一起睡！我又不是瘋了！」但也快了，只要他再這樣繼續下去。

「什麼？妳說妳愛我愛到瘋了？這怎麼好意思？」他故意逗她的，不用懷疑。

「你！」葉盼藍真的快氣瘋了，但礙於某些因素，她還是深吸了好幾口氣勉強讓自己冷靜下來然後走到他面前蹲下。

「方凱爾，我不想談戀愛。」尤其不想跟橡皮糖談戀愛。

「可是我想，所以妳得配合我，因為我看上妳了。」方凱爾一番話說著很自然，連表情都相當理所當然。

「世界上沒有這種道理！」這根本是歪理，沒有一點邏輯可言！

「在我的世界這是真理。」他笑，一個順手拉住她手臂，然後就聽到她驚叫一聲，接著倒在他懷裡。

午睡有人肉抱枕可以抱自然是好的，他怎會白白放棄這個機會呢？

他又不是傻子，人就在眼前不動手怎麼可以？

「放開！」她拼命掙扎。

「快睡吧，午休時間只剩半小時了。」他說，語氣很溫柔像是在哄孩子。

「不要！」她拒絕，口氣像在鬧彆扭的小朋友。

「那我就先睡囉，妳等下記得叫我起來，不然我們兩個午休過後都沒出現的話，閒言閒語一定會更多，不過妳不用擔心，我遇到人問一定會說我還沒成功但我一定會成功這樣。」丟了一大串話後，方凱爾閉上眼睛似乎真打算入睡，但手臂的力量一點也沒放鬆就是了。

「你這個人……」掙脫不開逃不了就這樣被死命抱著的葉盼藍一個咬牙，本來打算一拳往他肚子招呼過去，但一個抬頭卻看見他眼眶底下有著淡淡的陰影。

這傢伙怎麼回事？平常活力充沛的怎麼今天有黑眼圈？

「小藍藍，睡吧，別一直看我，我會獸性大發喔！」雙眼緊閉，但他嘴裡開著玩笑。

「你的黑眼圈怎麼回事？」她忍不住疑問。

「都好幾天了妳現在才發現？我好傷心。」他扁了下嘴。

「算我沒問。」她當場翻白眼。

「呵，因為忙案子所以熬了幾天夜，不過這不是主要的原因……」他故意賣關子。

「那是什麼？」她瞇起雙眼。

「煩惱該怎麼追到妳所以失眠。就是這樣囉。」

「鬼才信！」她冷嗤一聲，但內心卻因此而蕩漾了下。

「小藍藍，不掙扎了嗎？」他問。

「吵死了，快點睡啦！」她沒好氣的回應。

「嘿嘿。」他笑了，摟她摟得更緊了。

嗯，自己挑選的人肉抱枕果然舒服，方凱爾這下更確信自己非追到她不可，因為她抱起來舒服逗起來有趣，捨她其誰？

七、奇怪的情況

頹喪的蹲坐在祕密房一角，葉盼藍強忍著眼淚不讓淚水掉下來，但她真的很難過，她沒有想到有人會這樣當眾羞辱她，就算她是個女生，就算能力沒有強壯到萬事都可以完美解決，但她自認在職場上沒有對不起任何人也沒有對不起公司發給她的薪水，堅守本分的她卻在今天主管會議上被狠狠羞辱了。

是她下屬犯的錯，她身為主管一肩扛下她沒有怨言，但她不服的是犯錯的人有正當理由，而她也已經在事後完美補救，不知道為什麼今天她會被如此嚴厲針對，這是從來沒有過的情況，她是招誰惹誰了？

　　奇怪的情況加上被羞辱的雙重打擊讓她抬不起頭，心情糟到極點，甚至動了下午想請假的念頭。

　　「想哭怎麼不哭？忍著會內傷妳不知道嗎？」

　　拿著兩罐咖啡走進祕密房，方凱爾在葉盼藍面前蹲下，劈頭就是這一句。

　　「不哭！」她倔強的抬頭，淚水卻在見到他帶著擔憂又溫柔的眼神後滑下臉頰。

　　「哭吧，哭出聲也沒關係，今天這個情況我都想打人了。」把咖啡放在一旁，方凱爾把人摟入懷裡，覺得很是心疼也替她生氣。

　　說實話，當場他都差點翻桌了，要不是她看了他一眼以眼神制止，恐怕他真的會翻桌。

　　「我問你，你覺得今天這件事有嚴重到我需要被大聲辱罵到那個地步嗎？」從他懷裡掙脫，葉盼藍覺得自己需要一個答案。

　　「不，我並不覺得，所以我也覺得奇怪，何況我剛剛聽說襄理平常不是挺照顧妳的嗎？」方凱爾說著剛聽來的消息。

　　「就是因為這樣我才會這麼難受，雖然說我的屬下犯錯不對，但……」總之葉盼藍就是無法接受今天這樣的場面。

「我懂妳的意思，因為也沒對公司造成任何損失，只是我們內部知情的錯誤而且認真說還是個小錯誤而已。」發這麼大的火沒道理。

「唉……」葉盼藍忍不住搖頭。

「不過妳還真厲害，眼淚就流這麼幾滴就結束了？我還期望妳抱著我大哭然後在我溫柔安慰妳之後妳會主動跟我說願意跟我交往呢！嘖，失算。」

「……請問您有想去當偶像劇男主角的意願是嗎？」她又不是十八歲少女！

「我覺得我外表是有這個潛質沒錯。」方凱爾一臉正經。

「那麻煩您去找個情竇初開的少女，我相信您剛剛描繪的場景一定可以實現。」聽他說了這麼一齣偶像劇，葉盼藍想哭的情緒早沒了。

「所以說妳什麼時候才要對我情竇初開？」他朝她眨眼。

「不好意思，沒有這個打算。」她馬上回瞪他一眼。

「真是絕情，我可是在妳一奔離會議室就跑去買咖啡跑來找妳了，妳居然一點點感動都沒有？」這有天理嗎？

「……謝謝。」看了方凱爾一眼，葉盼藍有些不好意思的道謝。

「行了，妳如果這樣就屈服我才是會很驚嚇。」方凱爾笑了，把一旁的咖啡打開後遞給她。

「所以，我應該要搞清楚原因，這件事太莫名其妙我不能接受。」葉盼藍拿著咖啡挑了挑眉。

「贊同，需要幫忙的話就說一聲。」她開口他是一定會幫忙的。

「什麼？我得開口你才要幫忙，你不是應該直接拍胸脯說『交給我』就好嗎？」她跟他開起玩笑。

「我知道妳不喜歡這樣。」他對她可是有一定程度上的了解，別小看他！

「那我討厭你像個橡皮糖這件事你為什麼都無感？」一個世界兩種標準？

「因為一個是公事，一個是私事。」他是很公私分明的。

「……有時候我真不知道怎麼說你。」她無奈的失笑。

「要追到妳我不表現特別一點怎麼行？」她事事講求邏輯，但如果真照邏輯走，他完全不認為自己能追到她。

複製來的模式，沒有創意的追求，一步一步按邏輯走，這樣的愛情多無趣？

所以，他反其道而行，而看今天這個情況，想必……

雖然不敢保證多久，但他覺得成功機率似乎瞬間提升了不少呢！

八、真相

感覺到自己的拳頭慢慢握緊，葉盼藍差點就一拳往方凱爾那方招呼去，但礙於他們現在正在執行偷聽計劃，噢，不，應該說是恰好遇上必須偷聽的情況，所以他們結伴偷聽，但偷聽到一半葉盼藍體內就有股怒火猛地飆升！

所以我會被罵是你害的！

她以冒火的眼神告知他這件事。

拜託！我很無辜，我哪知道那小丫頭喜歡我？

他也以眼神回應，表情百分百是個受害者的神情。

但不管如何，此時此刻絕對不是發火的好地方，葉盼藍自然很清楚，所以她狠瞪了方凱爾一眼，然後輕手輕腳閃身馬上走人。

這還有天理嗎？

如果她跟方凱爾真的在交往也就罷了，問題是他們又沒有在交往，沒事來找她麻煩做什麼？

這種事是合邏輯的嗎？

葉盼藍越想越氣，緊咬著牙根往前走，壓根兒不管後頭方凱爾是不是有追過來。

「小藍藍！」

「藍藍！」

「葉盼藍！」

方凱爾是追來了，而且他很急，因為他不想因為這件事破壞了目前他跟葉盼藍之間好不容易建立的情誼。

「走開！」她氣死了，用力甩開他拉住她的手。

「妳不覺得比起妳我更衰嗎？」方凱爾直接擋在她面前，一臉正色說道。

「被老闆的女兒喜歡，你應該開心才對，衰什麼衰？衰的是我好嗎？」撇了他一眼，葉盼藍相當不以為然。

「我為什麼要開心？我根本就不喜歡她，充其量也就是說過幾句話而已，小女孩自己在那裡編織美夢關我什麼事？」不是有人喜歡他，他就得開心接受吧？

「為什麼不要？這輩子可以吃香喝辣都不用愁了耶？你……！」她一臉挑釁，卻在迎上他轉為凌厲的眼神後頓住。

「……好，妳在氣頭上我不再多說，反正妳也聽不進去，但我最後要說一句，人家要愛上我我沒有辦法，愛情這種事本來就沒有邏輯可言，就像我愛上妳一樣！」說完，方凱爾轉身就走。

「喂！」葉盼藍瞪大雙眼看著方凱爾越走越遠。

這是怎樣？

27

在這種時候用這種方式來打破她這輩子奉行的邏輯論？

「走開，別擋路，礙眼的女人。」

忽然間，就在葉盼藍傻眼之際，後頭一道冷冷的嗓音傳來，不客氣的言語讓葉盼藍倏地回頭，才發現來者就是授命給裏理要讓她不好過的那位小姐。

「原來是公主殿下，在下失禮了，這就讓路給您過。」要鬥嘴，葉盼藍不認為自己會輸，不過她不想跟一個小自己很多歲的女孩計較，回應幾句也就算了。

「既然知道我是公主，那就不應該跟我的男人繼續糾纏下去，這是警告，我希望妳聽懂了。」公主一臉高高在上，宣示根本不存在的主權而且覺得理所當然。

「……是，在下一介平民哪敢跟公主搶人呢？」葉盼藍皮笑肉不笑，但體內還沒熄滅的火苗有正在復甦的跡象。

她只是個小丫頭。

她只是個小丫頭……

她只是個小丫頭！

葉盼藍在內心默念三遍避免自己大發雷霆，畢竟公主如果被她說哭了那事情就不好辦了。

「知道就好，我也是在想憑妳這種姿色，也不知道凱爾哥是看上妳哪裡？要我看的話，妳要身材沒身材、要外表沒外表，能力可能或許還行，但妳配不上凱爾哥，如果可以趁早從這間

公司滾出去，我覺得妳真的非常礙眼！」公主得理不饒人，損人的話一大串還一氣呵成沒有間斷。

「公主殿下，在您接管公司前，您應該沒有權力開除我，而我自認沒有犯什麼大錯，並不需要主動離職。」葉盼藍的眼神變冷，一股風暴正在她體內醞釀中。

「妳要不要試試看我能不能把妳開除？我只要跟我爹地說一聲就行了，妳又不是什麼優秀員工。」公主顯然沒發現眼前的危機，一臉睥睨。

「說的也是，照這麼看來，如果我繼續待下去也沒有意思，畢竟往後如果您接管了公司這間公司大約不用三個月就倒了，我感覺前途堪慮，還是趁早離開為妙，不然到時候您連遣散費都發不出來，那不就糟了？我還是先離職，到時候才能以路人的身分好好笑一場。」就說了，要鬥嘴葉盼藍不會輸。

結果，只見公主臉馬上漲紅，顯然是生氣了，馬上拿起電話就撥，不一會兒就看到襄理匆匆趕來，然後公主就指著葉盼藍對著襄理訴說葉盼藍的罪狀，然後……

「盼藍，妳怎麼可以這樣對大小姐說話？」襄理聽完馬上質問葉盼藍。

「不就是一間大公司老闆的女兒，就可以隨意污辱人嗎？還有襄理你，我可以理解你想在這間公司待到退休，但當一個

小丫頭的走狗就不是什麼對的是了吧？」火氣上來了，葉盼藍也沒在客氣了。

不就是再找工作而已，什麼大不了？

像這樣的環境不待也罷！

「妳這是什麼態度！」裏理瞪大眼，不敢相信葉盼藍會這樣說。

「如何？有什麼不對嗎？」葉盼藍唇角一勾。

她只是反擊而已，她記得公司守則可沒規定不能反擊，而且她馬上就要去人事部拿離職單了，還怕他們嗎？

九、共進退

一張紙就這樣被硬塞入手中，而且塞給她的人還一臉似笑非笑，讓葉盼藍皺起了眉頭看著眼前的方凱爾。

「怎麼了？我先去替妳拿單子不好嗎？」他笑。

「沒有，不過……」她看著他手上那張紙。「為什麼你手上也有一張？」

這可是離職單不是普通的 A4 紙。

「這不就是因為我剛剛聽了場很不錯的相聲，而且我喜歡的女人贏了，所以我決定要跟她共進退。」事情就是這樣。

「什麼？你剛剛都聽到了？」葉盼藍當場傻眼。

「嗯。」方凱爾點頭，一臉不聽白不聽，聽了通體舒暢的表情。

「哼。」葉盼藍不想承認其實聽到他這麼果決決定跟自己共進退其實有點感動跟開心。

她什麼都不會承認的！

「就哼一聲？我說要跟妳共進退耶！妳至少給個擁抱吧？我這麼夠義氣還沒辦法得到妳一個擁抱哦？」方凱爾誇張地大聲嚷嚷。

「你小聲一點！」雖然是公司角落，但葉盼藍知道一直有人盯著他們瞧。

「都這樣了還小聲做什麼？」他是個有義氣的男人及願意跟心愛的女人共進退這件事不讓別人知道怎麼可以？

「所以你真的要跟我一起辭職？」葉盼藍一臉懷疑看他。

「對，反正要我去的公司不少，不差這一間。」當初也是被挖角來的，既然公司內風氣如此糟糕，也沒有待下去的必要不是嗎？

「那還真是恭喜恭喜啊，我先回部門了，下午我就會把離職書送出去。」

既然事情都這樣了，待下去也沒意思，說走就走，葉盼藍沒有一點遲疑。

「要送的時候叫上我。」方凱爾追上她，湊近她耳邊叮嚀，然後很不客氣的啄了她臉頰一下。

「方凱爾！」葉盼藍當場石化，三秒後朝著方凱爾得意的背影大叫。

這個人到底怎麼回事？

行為給點邏輯不行嗎？

眼見在場同事都瞪大眼看著自己，葉盼藍的臉馬上刷紅，毫不猶豫抓著離職單逃進自己的辦公室。

方凱爾這個人對心臟有害，這一點她現在很確定了，不過話又說回來，他要跟她共進退，這樣真的好嗎？

他們之間……

什麼都不是……

對吧？

十、異樣

公司兩大將要辭職自然會驚動大老闆，加上了解來龍去脈後發現是自己女兒惹的禍自然不能放任不理，所以隔天二話不說就把方凱爾與葉盼藍找了過去，但這兩人來到老總辦公室時卻沒想到公主殿下也在場，而且一看到方凱爾就一臉委屈巴巴撲了過去。

「凱爾哥，我不好嗎？為什麼你要離職？你想去哪裡？我叫我爹地再升你職好嗎？你不要走可不可以？」公主仰頭看著方凱爾，但沒忘抽空以斜眼狠瞪了葉盼藍一眼。

「公主殿下，很抱歉，我對妳一點興趣也沒有，還有請妳不要瞪我喜歡的人，我會覺得不舒服。」方凱爾完全無動於衷還不忘宣告自己的心意。

「你為什麼要喜歡她？她哪裡好？她一點都不好啊！長得又不好看身材也不好，而且還凶巴巴的，你一定要喜歡這種人嗎？」公主當場氣炸了。

「在我眼裡她是最美的，至於身材我向來就喜歡她那種纖合度的體型，再來說到凶巴巴這件事，我認為公主殿下您也不遑多讓。」讓方凱爾不開心，那就沒有什麼情面可言，就算老總在面前也一樣。

「我哪有凶巴巴？」公主殿下死也不承認，畢竟她自認幾次與方凱爾相遇自己都保持著完美的形象。

「妳跟她說話的時候好像不是現在這副模樣吧？」而他，很抱歉，最討厭裝模作樣的女人。

「我……」公主殿下當場語塞，想再說什麼卻不知道該說什麼才好。

倒是一旁的葉盼藍開始有點同情公主，覺得這麼直接被喜歡的人拒絕實在很尷尬，另一方面她覺得自己也有點尷尬，畢

竟身旁這位這麼直接示愛，讓她看著尷尬的公主與想起自己也時常下意識就拒絕方凱爾的追求言語，這好像沒兩樣？

但這樣聯想的邏輯是對的嗎？

葉盼藍開始覺得有點混亂，但此刻不是讓她思考的好時機，因為沉默了好一會兒的老總終於開口了。

「好了，鬧夠了嗎？爹地的公司不是讓妳拿來玩的。」

「可是……」

「出去吧，別再生事了。」

「爹地！」

「出去。」

老總的嗓音轉為威嚴的那刻，身為女兒的公主只能屈服，乖乖摸摸鼻子離開了。

「凱爾、盼藍，我不希望你們兩個離職，這次的事件是我女兒不好，往後我會盡量不讓她來公司，基本上我也覺得這種事不該是你們離開這個職場的理由，雖然有人在我面前這麼直接拒絕我女兒讓我有點不開心，但我不否認盼藍是個優秀的員工，你們兩個倒是挺相配的，只不過……」說了一大串留人兼抱怨的話後，老總卻硬是留了個話尾，讓在場兩人互看一眼，眼底皆是疑問。

「老總，有話就說吧。」開口的是方凱爾。

「我是怕傷你自尊心，聽說你到現在還沒追到盼藍？」老總臉上出現了似笑非笑的表情。

「唉……在她的邏輯裡，我愛上她不合邏輯，她怎麼也轉不過來，我也很無奈啊！」是被調侃了，但方凱爾不在意，還伺機抱怨。

「你無奈什麼啦！」葉盼藍當場臉紅，下意識就用手肘撞了方凱爾一下。

「這是事實啊！」難道不是嗎？

「不要說了啦！」葉盼藍覺得自己的臉紅到快爆炸了。

「做人要誠實，妳媽媽沒有教妳嗎？」她臉紅讓方凱爾更有逗她的興致。

不過，顯然有人時間很不夠用，處理完大事之後還有很多事要處理，笑著讓這兩位公然在上班時間打情罵俏的人作下不會離開的承諾並當場撕掉離職單後，就讓人出去了。

「你怎麼會在老總面前說那些話？」出來之後葉盼藍第一句話就是疑問。

「妳是說哪方面？拒絕公主還是跟妳示愛還是抱怨？」剛剛說了那麼多，他不知道她在問哪椿。

「都有啦！你這麼直接拒絕公主，不覺得很可惜嗎？」問是這樣問，但葉盼藍其實挺開心的，但她才不可能在他面前表現出來。

「我打算靠自己奮鬥，而且我也有點成就了，不需要靠公主少奮鬥很多年，況且我真的認為妳沒有哪裡輸給她。」這是實話，方凱爾是真的這樣認為。

「……謝謝。」面對方凱爾坦蕩蕩的態度，葉盼藍開始渾身不自在了起來。

這樣不對，她不應該感到害羞吧？

看來此地不宜久留，她應該趕快回到工作崗位工作，忘記內心的異樣才對。

所以，什麼都不管了，葉盼藍決定三十六計走為上策，但偏偏有人沒打算這樣就結束。

手臂一伸，恰好在老總專屬樓層，無人處多得很，藉地理之便方凱爾就把人摟進了老總辦公室隔壁那間小會議室。

都到這個地步了，他覺得也該邁入下一步了。

十一、強勢

「小藍藍，說實話，我追累了。」

不顧葉盼藍臉紅的掙扎，方凱爾緊緊抱著她，口裡卻說著跟行為不符的言語。

「所……所以呢？」他的舉動讓她口乾舌燥，但他的話卻讓她心頭一盪。

這個人真是一點邏輯都沒有，剛剛才長篇大論說喜歡她，現在又馬上轉變態度說他累了？葉盼藍發現自己真的很難搞懂眼前這個男人，因為他完全不合邏輯！

「我要放棄了。」他這麼說，目光低下對上她抬上的眼眸，發現她眼底有著震驚，差點沒偷笑，但他忍住了。

「放……放棄就放棄，那你放開我啊！」雖然受到衝擊，但她死撐著嘴還是很硬。

「為什麼放棄追妳就要放開妳？」他沒這個打算啊！

「廢話！你不是要放棄我了嗎？」說出這句話讓葉盼藍頓時心一酸。

「我是說放棄追妳。」要聽清楚唷！

「哪裡不一樣？」有什麼差別嗎？

「我說我要放棄追妳，因為我們該進入下一步啦！」方凱爾朝她眨眨眼睛。

「下一步是什麼？」她瞇起雙眼看著他閃著不明光芒的雙眸。

「嘿嘿……」他沒有回答。

但下一秒，他頭一俯，吻上了她微張的小嘴，且不顧她臉紅的掙扎越吻越深。

好半晌之後他才放過她的唇，但沒有放開她纖細的腰肢。

「你！你！你！」葉盼藍簡直不敢相信他會這麼無賴。

「妳不是要答案嗎？這就是下一步啊！」他一臉理所當然。

「我沒有要你……你……吻……」葉盼藍吃驚到連話都說不完全。

這該死不合邏輯的男人，到底是要把她怎樣？

「小藍藍，我覺得人應該認真面對自己的內心，別管什麼邏輯，有時候感受最重要，尤其是在愛情裡。」方凱爾玩笑神色轉為正經。

「我聽不懂你在說什麼！」她撇過頭還在死鴨子嘴硬。

「妳沒有喜歡上我嗎？」他湊近她，在她耳邊吹了口氣。

「沒……沒有！你不要在我耳朵吹氣！走開走開啦！」無法應付的情況讓葉盼藍完全慌了手腳。

「不要！總之妳今天沒說喜歡我，我們就沒完沒了，大不了請假，反正大家都知道我們心情不好，請假也沒什麼。」她有特休，他可以請事假，沒什麼太大問題。

「你怎麼這麼無賴啊！」她轉頭瞪他。

「不無賴怎追到妳這個滿口邏輯的女人？」難道不是嗎？

「我……」真的是無話可說了。

「妳到底說不說？不說我要再吻妳囉！」這是威脅，請不要忽視。

「⋯⋯好啦，有一點點啦！」她滿臉通紅。

「只有一點點嗎？」他不太滿意。

「你很煩耶！」她用力捶了下他胸口。

「哈哈！」方凱爾開心的笑了，將人摟得更緊。

當黏人精當了這麼久終於有收穫了，他當然開心，畢竟眼前這位是頭一位讓他癡纏這麼久才追到的女人，他不開心才奇怪呢！

十二、他和她的愛情沒有邏輯

本來發誓自己絕不會愛上方凱爾的葉盼藍，在周休二日的下午被方凱爾摟在懷裡，兩人懶洋洋躺在方凱爾家的沙發上，雖然剛交往不久她還不習慣，但不可諱言她心裡有股甜甜的氛圍在蔓延，而且她雖然還不太想承認，但她必須說此刻氣氛真的很美好。

只是，她的邏輯論被他打破了讓她不是很甘心，畢竟是她一直奉行的理論，她不知道自己為什麼會敗在他身上。

但喜歡上這個男人又似乎很順其自然，這也能說是一種邏輯嗎？

說真的她很迷糊，而抱著她的方凱爾發現了她的沉思遂用手指將她的臉勾起。

「我們之間不要再想邏輯那種問題了好嗎？」他覺得這一點意義也沒有。

「我是覺得……自己好像太沒原則。」之前的信誓旦旦變成一個笑話。

「什麼原則不原則？愛情沒有邏輯，愛上就是愛上了，哪來那麼多邏輯？」他一臉不贊同。

「可是……按理說我應該不會喜歡上你，因為你很煩。」她之前的確這樣認為。

「就跟妳說愛情來的時候不會有道理跟邏輯，妳是在迷糊什麼？」他順手捏了下她鼻子。

「好啦，我只是覺得……自己挺矛盾的。」她笑。

「那我很榮幸成為妳感到矛盾的重點。」因為他成功打破她邏輯論了嘛！

「你可以不要笑的那麼得意嗎？」她覺得好刺眼。

「不可以，因為我真的很開心！」開心當然要笑，不然呢？

「……我有點後悔了。」她嘟嘴開著玩笑。

「駁回！」開什麼玩笑，到這個地步還有她後悔的餘地？

當然沒有，所以方凱爾直接吻住她的唇，為這個陽光滿溢的午後增添一抹粉色，至於持續多久，那就看他的開心了，旁人可管不著。

　　反正不管如何，他和她的愛情沒有邏輯，不按牌理走才是他的風格，畢竟照本宣科一點意思也沒有，他可不喜歡，但此時此刻的情景，他可是喜歡的不得了呢！

愛情有邏輯嗎？

泡影之戀

文：葉櫻

　　從小，我就非常喜歡看以魔法少女作為主題的動畫。平凡的女孩子們，因為偶然遇見精靈或魔女，得到能夠變身的神奇道具，從此多了另一個隱藏的身分。在必要時，她們就會毫不猶豫地變成充滿力量的魔法使，穿上美麗的衣服，念出可愛的咒語，努力地、勇敢地與壞人搏鬥，奪回和平的日常。

　　這種情節，簡直就是最華麗的童話故事。女孩不需要王子來拯救，自己就是又美麗又強大的魔法公主，在不為人知的日常夾縫裡大放異彩。這大概是每個普通女孩子能得到的最勵志的教訓了吧？

　　不過，我明白的。現實裡沒有神仙教母，就算想要拿東西去交換魅力或力量，會高聲笑著接受交易的女巫也不存在。

　　魔法畢竟只存在虛擬之中。醜小鴨不會變成天鵝，無論怎麼努力都不會。

　　這種簡單的道理，在國中經過一連串的訕笑之後，就深深地明白了。

　　坦率承認自己長的並不漂亮，是在國中二年級的時候。雖然人們總是用「回家照照鏡子」來諷刺沒有自覺的人，不過難道平常被評為長相普通的人，在房間裡偷偷看著自己鏡中倒影的時候，從來沒有閃過覺得「自己其實也長的有點可愛」的瞬間嗎？雖然從社會眼光得知了自己長相並不出挑的事實，也接受了，但果然還是不甘心。總覺得，好像被剝奪了覺得自己可

愛的權利，就好像那些符合主流審美的女孩子總是光明正大地在公開場合照著鏡子，顧影自憐，而我這樣的人稍微在意一點外表，就會被聚在一起的那些女孩偷偷嘲笑。

所以，像是要反抗似的，我其實很喜歡照鏡子。在自己的房間裡，悄悄的，靜靜的。只不過我是不美麗的阿多尼斯，就算這樣凝視自己，也未曾生出自愛，反而總是盡情批鬥著自己——臉太大了；眉毛像是雜亂的草叢；眼睛不夠大；鼻子像是蓮霧，大而無當；嘴唇很厚，門牙有點爆出來，總是閉不合。噢，而且膚況還很差，容易出油，也容易生出粉刺跟痘痘，跟聚寶盆一樣，源源不絕，取之不盡。

簡而要之，我的臉是一塊做壞的雜糧麵包，表面有著各式各樣的斑點與凹凸，五官則是撒壞的葡萄乾，全都擠在不小心發酵得太過火的麵團中間。這會讓你覺得很矛盾嗎？也許有一點吧。究竟是想提醒自己不要越過本分，不去妄想打扮的可愛而被稱讚，或是想要努力找出尚稱美麗的地方，對自己更寬容一點，其實有時就連我自己也分不出來。

不過有件事倒是很明白。那就是，頂著這樣的臉，如果還裝漂亮，是會發生不幸的。這是我一路走在荊棘上，終於學到的人類定律。

所以，就算今年已經大學二年級，我還是穿的十分無趣，生活也像一攤死水，很少跑活動，更別提戀愛了。在高中同學

一一換上嬌豔青春的大頭照時，我的頭貼還是那張夕陽垂落天空的照片。那是我到不了的彼方。

並不是不羨慕，只是我很知道那並非我能企求的事物。一來，我很害怕陌生人，尤其是男生。國中、小的糟糕回憶，加上高中三年女校的隔離，讓我幾乎無法正常應對搭話的男生，幸好中文系的男生很少，大約只有十來個，平常也沒有甚麼交集。

反正，男生通常也不會主動來招惹我，如果這輩子我竟然可能被搭訕，要不就是他們瞎了，要不就是他們喜歡小眾口味。

我挑的衣服都和臉配合的天衣無縫，也就是說，我的衣櫃無趣且保守——襯衫跟 T 恤，長裙跟牛仔褲，幾件洋裝，娃娃鞋跟布鞋，這就是全部，就連顏色都很安全，從來不選濃墨重彩的鮮豔色調，就連碎花跟條紋也不太敢穿。那件唯一的玫瑰色長洋裝，是之前跟朋友逛街，被極力攛掇才一時衝動買下的，而我至今還未找到適合穿上的機會。

小可愛、一字領、迷你裙、熱褲、高跟鞋，當然全都是綺想而已。不是不想要，可是比起再得到「大腿這麼粗還敢穿熱褲啊」、「不化妝，戴眼鏡，還穿迷你裙配絲襪喔，好好笑喔」這種評論，這麼平平凡凡的、灰灰暗暗的過日子，好了那麼一點點。

　　反正，我也已經過了想被稱讚的年紀，也接受了自己不會變可愛的事實。灰姑娘就該有灰姑娘的樣子，硬是套上華麗的禮服，也不會有王子看上，只會有惡毒的繼姐嘲笑踐踏。這樣就好，就跟我的名字一樣，做一朵安靜的雲，這樣是最安全的。

　　說起來，父母當初給我取楚雲這個名字，是希望我飛得高高的，漂漂亮亮，乾乾淨淨的。並不是希望我變成一朵模模糊糊的雲，黏在牆壁上當人群的背景。

　　飛的高高的是沒有，不過，漂漂亮亮倒還可以偶爾實現一下子。

　　可別說這很矛盾。畢竟，雲就是這種千變萬化的虛幻之物呀。

　　一如兩年來的風格，今天我也穿得十分普通，上衣是白色的、中間畫著一尾人魚的 T 恤，下身是一件深藍的牛仔褲，包包又大又重，戴著眼鏡綁著馬尾，進了外文系的教室，挑了靠牆的角落坐下，看著教室裡三三兩兩聚在一起聊天的女孩。外文系的女生果然都特別好看，燙捲髮、擦指甲油、踩跟鞋、露腰跟腿，像是要把含有的青春都爆發出來。有自信的樣子真是很炫目呢，就跟太陽一樣，而我是角落的向日葵，只能偷偷地羨慕。

　　看著看著，突然就開始後悔選了英國文學。長假時給自己排一堆課，總能帶給我類似化妝品包色的狂喜跟滿足，卻忘了每次開學自己都會後悔。

　　一個中文系的學生跑來外文系修什麼課呀？明明知道自己格格不入，竟然特別跑來充滿公主的地方？妳以為這樣就能夠跟王子邂逅嗎？

　　我嘆了一口氣，還有十分鐘才上課，做點什麼好呢。一個認識的人都沒有，也不想跟陌生的女孩變成朋友。無事可做的我，只能拿出手機，連上網路，點開我的專頁，看看有沒有人回應我新發布的照片。

　　有五個讚數，兩個愛心，一條「妳真漂亮」的留言。雖然對那些網美來說大概是微不足道的收穫，不過已經讓我心跳加速。我一一回覆著貼圖時，跳出了新的按讚通知，緊接著是好友邀請跟陌生訊息。都是同一個人，也真夠勤勞的。

　　點開陌生訊息的聊天視窗，這個叫王子文的男生竟然是我們學校外文系的呢，不知道是幾年級，世界還真小。照片裡，拿著相機的男生，正對著鏡頭露出燦爛的笑容，還套著外文系營隊的特效框，一看就是活動咖。

　　他寫著：「妳好～偶然看到妳剛剛發的 cosplay 照片，覺得妳好漂亮。看了一下妳的自介，發現活動範圍蠻一致的，我

也幾乎都在南部活動，剛剛已經發妳好友通知了，希望有機會能夠跟妳合作～」

雖然同校還是隔壁科系的，不過加好友應該也沒關係吧？反正平常大概也不會認出我……這麼想著，就按了同意加入好友，然後傳給他一個可愛的兔子貼圖，附上「謝謝～好開心，希望很快就能約約～」的訊息。

正好上課了，心情恢復的我愉快地把手機收進書包，拿出筆記本跟筆，準備記下老師說的一字一句。然後，一個高高的男生在這時從門外衝進來，匆匆忙忙地坐在我右邊的位子，那張鬆一口氣的臉十分熟悉。

原來世界這麼迷你呀。

從剛剛的敘述，你應該已經能推理出來，我給自己找的變身道具是什麼了。嗯，開始接觸角色扮演，是在高中二年級的時候。那個時候我臉上都是痘痘，學校又非常古板，是連百褶裙往上摺兩摺，都會被教官吹哨子警告的程度，所以，留著到下巴長度的直髮、戴著細框眼鏡的我，比起現在更加土氣，也更不愛暴露在現實世界裡，而喜歡沉浸在動漫與遊戲裡面。

但是，我最好的朋友卻跟我完全兩樣。晴雯是個古典美人胎子，光看名字就知道了，人家是有著花紋的雲彩呢，跟我這種用大筆隨便糊成的背景雲完全不同。她雖然光鮮亮麗，卻一樣愛看小說動畫，也喜歡打電動，所以我們一拍即合，甚至影

響了彼此——她陪我寫同人文，我陪她去逛街（那件玫瑰色的洋裝就是她慫恿我買的）。然後有一天，她說她買了角色扮演的衣服，問我肯不肯陪她去同人場出角。

於是我們就去了，因為沒有認識的人，也很少攝影師想要拍我們，所以覺得不太好玩。晴雯倒是還好，就算妝畫得不算頂好，也總歸是清清秀秀，偶爾被搭訕幾句；而那天大著膽子穿上蕾絲襯衫、格子迷你裙跟透膚黑絲襪的我，卻在等晴雯更衣的時候，聽見也看見兩個濃妝豔抹的女孩，直直地瞧著我，然後低頭開始大笑起來。

我羞紅了臉，而後燃起了更多的憤怒——明明只是長的普通、會化妝的女生，有甚麼資格嘲笑我啊？

要是這樣，那我也會啊。

懷著這種可謂不良的動機，我一頭栽進了角色扮演世界，開始認真研讀角色，置辦假髮、衣服跟鞋子，當然也開始練習化妝。等著上大學的那個暑假，我狂熱到兩、三天就照著妝容教學影片改造自己的地步。完妝的那一刻總給我一種莫名的滿足，我愛那個自己，總是留下許多自拍，或是拿著鏡子不停地看。

幸好化妝是一門技術，只要投注時間與心力，必定能得到回饋。我的技術逐漸純熟，自信逐步建立，也越玩越開，甚至學其他人建了一個專頁，有空就丟些照片，等著其他人來留言、

按讚、按愛心。除了照鏡子，我也喜歡滑手機，那些陌生人遺落的讚美，都化成我的養分，讓我這朵向日葵越長越茂盛。

為什麼不在日常生活也這樣呢？我何嘗不想，只是實在沒有辦法。我的膚質不好，很容易掉妝，隱形眼鏡也戴不了太久。數個小時，就是我變身的極限了。我是網路之海的人魚，一輩子不能上岸，懷抱著如泡沫般容易逝去的美麗。

而且，我也害怕。

網路裡，沒有人知道我是誰；現實裡，如果被發現這麼陰暗的、內縮的、只會讀書的我，其實是那個樣子，誰知道會不會跟以前一樣，被嘲笑醜人多作怪？大學是個新開始，我不想冒險，毀壞我平安順遂的生活。

人魚最好只留在海裡。就算上岸，也只有一路的荊棘等著被鮮血澆灌。

雖然上課前還信誓旦旦地說著要畫清現實跟網路的分界，老師卻立刻宣布每個人都必須找到一個學伴，然後彼此扶持、度過課程大綱裡面提到的分組討論時間，甚至還要共同寫出心得給老師批改。

然後，剛剛才在網路裡搭訕我的王子文就轉頭熱情地問我：「要不要一組啊？」

我不由自主點頭——因為我非常不擅長拒絕別人——然後他就露出鬆了一口氣的表情，友善地拿出一張空白活頁紙，開始寫上他的名字、系級、學號跟連絡電話。

他寫完之後就把紙遞給我，我一邊寫，一邊偷看上一行的字（連字都又大又隨興，跟我完全不一樣類型呢）。

外文系三年級，王子文，Owen。

他倒是自來熟，簡直就像把組員當作朋友的同義詞一樣，湊的很近，很有興趣似的看著我的個人資料。

「哦，妳是中文系的啊，難怪我覺得第一次看到妳，明明我認得所有學弟妹的臉。妳是很喜歡英國文學嗎？」

「……嗯。」我小聲地答應，幸好寫字的時候不用抬頭看對方的眼睛。我對這種親熱的人特別沒輒。我們只不過是一個學期的共同體的關係，有必要這麼愛聊天嗎？

「太好了，妳一臉超卷的樣子！跟妳一組，這學期我一定不會再被當掉了！」

「嗯？」聽到這句話，我忍不住發出困惑的聲音，不知道該先對前面那一句產生質疑，還是對後面那一句產生不安。

「這堂是大二的課啦。我去年跟同學一起修，結果我期中考申論完全寫不出來，別人寫兩面，我只寫六行！所以，嗯，希望這個學期可以拿到這三個學分，不然我可能會延畢，為了一堂文學課延畢就太慘了對吧。」

哦，難怪會跟我一組，就說了，他看起來不像是沒有朋友的人。

「請多指教啦。」他自顧自的笑起來，如果他知道我心裡有些後悔，不知道會不會生氣呢。

王子文在網路上倒是跟現實差不多，一樣愛聊天，一樣自來熟。晚上十點，他的訊息「咚」地跳了出來：「哇，謝謝妳加我，妳現在有坑什麼？有想拍怎樣的角色嗎，我看了妳專頁的照片，妳很適合成熟艷麗的類型耶，超正。」

「最近很熱，擔心融妝，所以不太想出角～不過我新買了一件旗袍，有空想去台南的古蹟拍拍看～」

「哈哈是喔，妳人在台南嗎，我是台南的大學生，如果有需要可以載妳，不過穿旗袍坐機車可能會不方便。」

「哎喲不用啦，我可以自己搭公車，如果有要約的話～先下囉，不然書會念不完><」

「好喔明天再聊。」

我傳了一個晚安貼圖給他。果然還是不太會跟男生說話。雖然，也有點飄飄然。畢竟他對我的態度，跟上課時天差地別呢。明明都不算認識的。

　　第二堂課的時候，他似乎還沒喪失玩興，很自然的一邊在我右邊坐下，一邊跟我打招呼：「哈囉，Ariel。」

　　「這名字真的很適合妳耶。」

　　「什麼意思？」我皺眉，暗自決定要是他也要跟那些喜歡取笑人的人一樣，我就……現實裡好像也不能做什麼，不知道如果拒絕他的約拍，會不會對他造成打擊？

　　「就跟妳的中文名字一樣啊，都是輕飄飄的空氣。」

　　意外的很有文學素養？不過要是說成「都是很沒存在感的空氣」，應該會更適合我。

　　「為什麼你要叫我的英文名字？明明你現在說的是中文。」

　　「哎喲，因為是外文系啊。妳來我們系上，就要守我們系的規矩嘛。入境隨俗。」他又笑了。到底有什麼好笑的啊。

　　「妳也可以叫我的英文名字啊。」

　　「……我不要。」這要求實在讓我很傻眼，讓我決定無視，翻開課本開始讀〈Lanval〉，打算就這樣拖到上課。可是他似乎鐵了心要逗我，一直糾纏要我叫他的名字。

　　「好嘛，一次就好，以後妳只叫我『欸』還是『你』都可以。」

　　「……好啦，歐文，這樣可以了吧？」

　　「妳對我的名字沒有感想嗎？」

　　真是得寸進尺。我在心裡翻白眼，要是他拍照的時候也這麼聒噪，我真的要考慮委婉地拒絕他。

　　「不就跟你中文名字的尾音一樣嗎？」

　　「哇，妳竟然知道我是這樣取名的！」他似乎覺得我很有趣，雖然我完全搞不懂他的邏輯：「雖然妳看起來很嚴肅，可是其實很好相處嘛！我們搞不好可以變成好朋友哦！」

　　怎麼可能嘛。我們根本是不同色階的人。我在心裡想著，此時老師的講解剛好開始。

　　「我們今天先說羅曼史的背景知識。中世紀的戀愛信條，首重的就是『保密』，等一下我們也可以從文本裡面看到大量的例子……。」

　　可悲的是，雖然一開始對他熱愛侵入我的安寧感到煩燥，但隨著每一次的交談，我卻像是被養熟的老鼠一樣，逐漸習慣了這個新刺激，接受了每次上課前、中都會被聒噪的新組員搭話的事實，並且乖乖地回答他開啟的每一個話題——老實說，跟他聊天也不算很無趣。他大概就是那種很會聊天的人吧？不像是網路影片中那種不懂技巧，常常尬聊或句點別人的宅男，不僅會挑選適合的話題，還會記住得到的資訊。像是，他在聽見我說沒有參加社團，也不跑系上活動之後，就再也沒有問過我課外活動的事，彷彿我的答案對他而言很重要一樣，真的認真記下了，之後只問我最近看了甚麼、聽了甚麼（我告訴他，

我只喜歡看書跟聽音樂，對於動漫跟角色扮演隻字未提），就像是在心裡為我建了一個檔案夾似的。

這麼被在乎，於我是第一次。因此在回過神的時候，就已經將他貼上朋友的標籤，甚至期待著繼續拉近距離。

對其他人來說，這或許只是微不足道的事。只不過是碰巧認識了外向的同學，而對方也願意騰出幾分鐘來跟我聊天，認識我，是任誰都能在大學四年中遇到的經歷。可是，我從以前就不是那種受歡迎的人。一路走來，真正屬於我自己的朋友總是很少，多半時候，我只是個備胎，是朋友們失去第一順位的好朋友時，才會搭理我、跟我說話，打發時間的存在。能夠交心的朋友，在各個階段用一隻手掌就數得出來，而高中畢業後，到現在還保持聯繫的，也就只剩晴雯而已。在大學這兩年，和同學幾乎也都只是點頭之交，交情甚至比不上認識的攝影師或coser 們。因此，能夠得到王子文的青睞，已經讓我受寵若驚，不知道該怎樣看待才好了。

而且，他還是個男生。我知道這句話聽起來一定有些歇斯底里，可能會讓人以為我是沒戀愛過的懷春少女，滿心以為如果男生主動對女生搭話，就一定是因為他喜歡自己。但我不是那個意思。請試著想想，在女校隔離三年，直到大學二年級，突然被迫跟一個男生對話的心情——雖然很焦慮也不知所措，但同時包含著小小的開心。感到虛榮是真的，但一點不純的希

望都沒有，甚至還有一點痛苦。我非常明白，不可能有男生會對我有興趣——至少不是這個我。

即使懷著這種糾結的心情，我還是偷偷地珍惜著每個禮拜與他見面的三個小時。明明上課不太認真，他卻幾乎每堂都會出席，默默地坐在我右邊，有時候滑手機，有時候隨便寫些筆記，有時候還會拿筆戳我，用氣音問我現在在講哪裡。下課的時候，他也會拿筆戳我，要我轉身面對他，跟他聊天。

「你是很愛聊天嗎？」第三個禮拜的時候我這樣問他，語氣比我預期的冷硬又帶刺，幾乎讓我在一問出口後就後悔。但他卻沒有生氣或被嚇到的樣子，只是反問我：「妳不喜歡嗎？」

「我只是覺得你明明有更要好的朋友吧，根本不需要跟我說話打發時間。」好極了，我聽起來像是在嬌嗔，真是不自量力的台詞。

「喔，妳是在在意這個喔，妳真的很奇怪耶。中文系的女生都跟妳一樣很會胡思亂想嗎？像林黛玉那樣？」

「我只是覺得你很奇怪啦，明明搞不好過完這學期，就再也不會見面了。」我老實地說出心中的疑惑。跟我聊天的必要性，我想了三天也想不出來。我顯然不是他的第一順位，而他的第一順位也在另一頭的網路上，那究竟為什麼要花時間在我身上呢？也許，我甚至希望能從他口中套出某種符合內心期望的回答，但究竟想聽到甚麼，連我自己也搞不清楚。

「跟妳聊天很有趣啊，妳說到看過的書的時候會閃閃發亮。」他說著，是個中性的回答，讓我不知道該做何感想。但他似乎想到甚麼值得分享的事一樣，抬起頭說：「我好像沒有跟妳說過我的興趣欸。」

「嗯，那你的興趣是甚麼？」我從善如流地問，接住了他的球。他卻反而遲疑起來，露出像是看見無從下手的申論題那樣的表情。

「我喜歡拍照啦。」最後他還是老實地回答了，並打開相簿，推過手機讓我看。

「我會去同人場拍照。妳知道甚麼是同人場嗎？就是喜歡動漫的人會聚在一起的地方。那邊會有人賣同人作品，也會有coser——就是會扮成動漫角色的人啦，然後我就會去拍。聽起來很像宅男對吧？」不知道為什麼，明明是正常的興趣，講著講著，他卻加入了些許的自嘲。難道是希望我稱讚他嗎？

「不會啊，聽起來很好玩，而且會拍照很厲害耶。」

「喔喔，妳有興趣的話，下次可以一起去啊。搞不好妳還會想要出角看看喔。」

這種事，我已經做好幾年啦。但我當然說不出口，只是點頭笑笑。鐘聲適時地響起，我就心安理得地低頭翻起課本，把剛剛的話題拋到雲外了。

　　不過，王子文顯然沒有把這個話題視為曇花一現。他似乎很高興我能跟他聊這種「宅興趣」，把我當成現實世界中唯一的浮木，把所有他想說的都傾倒而出。大概是因為我不在他的朋友圈內，可以很放心地把秘密託付給我吧（他似乎仍然覺得他的興趣見不得光）。他總是很熱情洋溢地跟我聊這些東西，還會熱心地跟我講解我理所當然不懂的二次元知識。

　　偶爾，也會說到他喜歡的 coser，有一次還說到了沫沫──虛擬世界的我。他似乎對我很有興趣，說我很努力也很漂亮，作品的更新頻率很高，重點是還很好聊，不端架子，不管甚麼話題都能有來有往，說起話來很舒服。

　　「真希望能約到她。之前她說她想拍旗袍，台南不就很適合嗎。」

　　「嗯，加油？」我天真無邪地給他加油打氣，同時驚異於自己的低劣。

　　我原來是個會聊天的人呀？聽到對方誠實的評價，讓我有點驚訝。如他在現實中所言，在網路上，他三不五時就會傳訊息給我。不是那種讓人有點煩躁的噓寒問暖，也沒有色情下流的暗示，就只是很普通的、網友之間的對話。我們幾乎不提起現實中的自己，就好像有了不成文的約定，字裡行間都只關於共同的、不存在現實的興趣──我們聊玩的遊戲、喜歡的角色、最近追的新番，有時候會分享攝影棚或是服飾店的新貼文。不知不覺，就跟現實中一樣，我習慣了他若即若離的陪伴：看到

有趣的新聞或文章，就會想寄給他，喜歡跟他聊天，但也不會焦慮地等著他已讀，或是為了再跟他說幾句話而熬夜。我們的聊天斷續而綿延，我逐漸發掘著他的方方面面，並且覺得非常有趣，非常喜歡，覺得像是認識了很久，但心裡明白，我其實不了解他，而且一旦見光，這份友情便會消逝。

然而，我卻放任自己耽溺其中，享受著被在乎的感覺，同時享受著他本人。

帶著逐漸升高的好感，在十月的時候，我終於答應了他一直以來的約拍，說好要到古蹟拍旗袍。

星期六，我用明媚的心情迎接了同樣明豔的早晨，換上寶藍色繡花長旗袍，擺出瓶瓶罐罐，開始畫已練習好幾次的復古妝容。撲上蜜粉定妝後，我一邊盤髮、戴裝飾，一邊透過隱形眼鏡打量著鏡中的自己。妝很濃，很艷麗，跟平常的樣子完全不同，他一定會覺得漂亮，也一定認不出來這就是他喜歡跟她聊天的那個女孩。

雖然鬆了一口氣，但也感到些許寂寞。

我心情複雜地上了車，一路隨著公車晃蕩到目的地。在進門之前，再次打開手機的前鏡頭，確認妝容仍舊完好，才深呼吸了一口氣走進去。

沒有看見王子文，倒先遇到一群中年觀光客。他們毫不避諱地打量著我，我也昂然地與他們對視，沐浴在視線中，怡然

地走過石橋，往建物內走去。在這個偽裝下，我是安全的，不需要畏畏縮縮，自怨自艾。

「啊，妳是沫沫吧？」王子文正好從門口出來，和我撞了個正著。

「妳好！妳今天好漂亮哦。」

「謝謝，也謝謝你約我拍照。」

「不會啦，我想拍妳很久了，而且妳又在台南很方便啊。要是妳喜歡我的風格，以後還可以多約看看。」他拿出相機，引我走進古樸的日式建築，讓我隨意挑著喜歡的角度跟景色。我們在走廊上、台階上、窗台上、庭園中都拍了幾張，最後還一路拍到後面的竹林跟咖啡廳門口，又回到門口的石橋和水池邊拍照。我毫無顧慮地展示著肢體，帶著有點羞怯的笑容。拿到好照片倒是其次，現在對我來說最重要的，是被他稱讚的可能性。

「我覺得妳蠻會擺姿勢的耶。」拍完後，我們坐在走廊上，他一邊檢查著相片，一邊隨口跟我搭話。

「是哦，可能是因為你很會帶吧。」我搧著當作道具的摺扇，希望能減緩脫妝速度。已經一個多小時了，考慮到天氣，以及準備期中考以來爆發的慘烈膚況，大概撐不了太久，差不多該回去了。

「啊，五點了耶。要不要一起去吃飯啊？」王子文當然不知道我心中的算計，只是友善地提出邀約。雖然我知道跟攝影一起吃飯是很常見的事，但我從來沒有答應過任何人。原因無他，我想要保持漂亮到最後一刻，不希望彼此的夢都斑駁掉漆。因此，雖然我十分想說好，但因為是他，所以更不能答應。

「可能不太方便耶，我等一下還有事……。」

「喔喔，沒關係，那下次再約吧。要不要送妳去公車站？我有多帶一個安全帽。」

「真的嗎？謝謝你！」我很高興地接受了這個替代補償，跨上了機車後座，抓著後面的把手，一路上盯著他的背影看。沒想到第一次被男生載是這種感覺，輕飄飄的，像是坐在雲上，有點不安，但也有點開心。

「今天謝謝你哦。」下車的時候，我誠心地跟他道謝，不只是為了拍照，更為了他給予我的兩個小時。

「我也要謝謝妳啦。」他又露出那種燦爛的笑容，接著補了一句話。

「對了，我覺得妳要再有自信一點。妳很漂亮了啦，再自信一點就會更閃亮。」

掰掰。他揮揮手權告別後，便騎車揚長而去。我獨自站在站牌下，等著再十幾分鐘才會來的公車，心中泛起一陣暖意，忍不住低頭，藏起不由自主揚起的微笑。

「我今天約拍了。」我傳了訊息給晴雯。回信來的很快，大概她正在用電腦。

「誰呀？妳上次說的那個同學嗎？」

「對呀。他從九月加好友之後就一直說要約，所以約今天下午在古蹟拍旗袍。」

「他剛剛騎車走了，還叫我要自信一點，說我很漂亮，感覺是不是有點輕浮啊？」

「這不是很好嗎？是說他沒認出妳喔？」

「沒有啊，怎麼可能。我今天的樣子跟平常差超多好不好。喔，他還會跟我聊『我』欸。我是說，在現實生活裏面，他會跟我說他約拍的事情之類的，明明只是同學，可是他好像把我當成他的樹洞，甚麼二次元的話題都跟我說。」

「嗯～他可能喜歡妳哦。」

「怎麼可能啊？喜歡化妝完的我就算了，怎麼可能會喜歡現實的我啦。」

「會嗎？可是感覺他很愛跟妳聊天啊。要是你們真的在一起，感覺會很浪漫耶，好像童話故事喔。」

他真的會喜歡我嗎？對於這種情感，我一向很遲鈍，也很難輕易相信。但是，晴雯的說法卻落進我心裡，長出了小小的希望。他真的也喜歡我嗎？這樣的情節，就好像灰姑娘呢。

如果真的能像童話故事那樣發展，就太好了。

　　過了一個禮拜，他把修圖過的照片傳過來。我謝謝他，把這組照片放上粉專，並且標註了他。他是第一個按讚的人，還留言寫道：「期待下次約拍！」我也立刻對他的留言按了愛心，回了一個愛心貼圖。

　　現在的我像是一驚一乍的兔子，仍然喜歡守著手機，三不五時滑著新動態，但更期待的是他的訊息。在知道他也可能喜歡我後，跟他的互動就染上了一層甜蜜，總讓我心跳加速，開始小心琢磨著回答的語氣跟內容，希望能夠維持他心目中可愛漂亮的樣子。他似乎也更加熱絡，不僅回話的頻率上升，訊息也成群結隊地過來，好像誰也不希望對話中斷。

　　我們甚至開始聊現實了。他告訴我，他是外文系的學生，還沒有女朋友。

　　「希望能在聖誕節前有一個女朋友。」他送來這個訊息，像是願者上鉤的餌食。明知道魚咬住魚鉤是怎樣的下場，我卻按捺不住，在心跳中送出回答：「我也是你們學校的學生哦。也希望聖誕節前能脫單。」

　　「那要約見面嗎？聖誕節可以一起出去玩。」

　　我的心臟像是要從胸口迸出來那樣，以一種痛苦的高速瘋狂跳著，同時又有種飄飄然的興奮。他喜歡我。滿腦子只剩下這四個字，像是失了魂的人那樣。打字的時候，我的手指不由自主地顫抖著。

「好呀，那約個見面的時間跟地點吧」

「那下禮拜四下午五點在湖旁邊怎麼樣？剛好是平安夜，可以一起去逛百貨公司，我可以幫妳在聖誕樹前面拍美美的私服哦。」

「嗯嗯，到時候見～」我按下發送鍵，看見他立刻已讀，並對這個訊息按了一個愛心。

我竟然答應了。回過神來，我突然從床上驚坐起，剛才的狂熱雲消霧散，取而代之的是冷汗與不安。我的手還在發顫，試了好幾次，才成功打出訊息傳給晴雯。

「怎麼辦！我剛剛發瘋答應要在聖誕節跟他見面了啦！」

我焦慮地等著她的回覆，但她的感想卻跟我大相逕庭。

「那不是很棒嗎？可以順便拍私服耶。」

「可是他好像跟我告白，而且我好像還答應了！」我傳了聊天對話截圖給她，而她的答覆也突然變得嚴肅。

「那妳要用甚麼樣子跟他見面？妳要跟他說妳就是他同學嗎？如果你們真的要交往，妳也不可能一直都用另外一個樣子跟他見面吧？」

「所以我很煩惱啊。早知道就不要答應了嗚嗚嗚」

「好啦，先不要這麼難過，想一些好的嘛。妳不是說你們在課堂上也很有話聊？這樣他應該會蠻開心的吧？喜歡拍的女生也是 carry 又好聊的同學耶。」

「萬一他生氣怎麼辦？這不是童話故事還是愛情小說，而且他會不會覺得幻想破滅啊，他每次都說我很漂亮，結果最後發現我平常超級像香菇的。」我劈哩啪啦的打了一串，但晴雯似乎非常樂觀，並且堅信他就是我命定的白馬王子。

「哎喲，我覺得說開應該會沒事的啦。因為他對兩個妳都有好感啊，而且妳也沒有真的長的很難看啊，要有自信！」

「最好是可以跟妳說的一樣啦！」我傳了一個哭泣的兔子貼圖過去，丟開手機，悶進枕頭，希望能在聖誕節前把自己悶死。

我當然沒有悶死。這就是為什麼，直到星期四中午，我都還窩在房間裡，和鏡子裡的自己大眼瞪小眼，掙扎著該化怎樣的妝、穿怎樣的衣服、用怎樣的心情跟開場白跟對方相認。

還是乾脆找個藉口不去了？我擺弄著刷具跟美妝蛋，在兩極的選擇中擺盪。

可是，萬一他真的不在意呢？如果錯過了這個機會，感覺好像有點可惜。搞不好真的跟晴雯說的一樣，會被認可，會被接受。

不入虎穴焉得虎子。雖然語境跟語意都不對，但我就是抱著那樣的心情打扮的。雖然，我也完全不知道賭輸之後，我該怎麼樣才好。

　　仍然往臉上堆疊著化粧品，只是一切都淡了不少。只是遮去凹凸不平的膚況，掃一些打亮、陰影，帶過兩筆腮紅，用大地色畫了不明顯的眼影，抿了一些玫瑰色的唇膏，拿眉筆勾出眉毛的輪廓而已，仍然看得出我平常的樣子。

　　然後，第一次穿上那件玫瑰色長洋裝，踩著還沒機會穿的矮跟蝴蝶結高跟鞋。

　　我站在全身鏡前面，再度確認自己看起來不奇怪，並說服自己並不會再遇到那種大肆嘲笑的陌生人。

　　妳可以的，要有自信一點啊，有自信就會變漂亮。

　　把他第一次對我說的話當成護身符，我一邊默念著，一邊挺直背脊，下定決心，踏出了宿舍。

　　四點四十分，過早抵達約定地的我，因為無事可做，期待與焦慮的混合體，又梗在喉嚨裡面，讓我有點想吐。為了轉移注意力，只好拿出手機，隨便點開社群網站，看看塗鴉牆有甚麼新貼文。這完全造成了反效果——我看見他一個半小時前發的新動態，寫著：「今天成功約到妹子認親，祝我好運在聖誕節脫魯吧」。下面齊刷刷都是一排「推」、「集氣」、「加油」，莫名讓我壓力更大，彷彿背負了更多人的希望，幾乎要被奇怪的罪惡感壓垮。

　　這時，他的聲音突然從背後響起，幾乎讓我嚇到跳起來。

「呃，妳是沫沫嗎？」

我應該轉頭嗎？雖然很愚蠢，但這的確是我當下第一個想法。事到如今，懼怕壓倒性地勝過期望，我甚至想直接低頭快步離去。

但這畢竟不是甚麼純愛連續劇的情節，男主角並不會等著女主角在心裡上演五分鐘的小劇場，等著她下定決心轉身，才對她露出黃金獵犬般的溫厚笑容，搖著尾巴說：「我就知道是妳。」。通俗且實際一點來說，在我還沒來得及決定該怎麼反應之前，王子文就毫無耐心地直接走到我面前，和一臉無措的我對上視線。

「呃……Ariel？」

「……嗯，嗨？」

他的興奮以一種非常失禮且明顯的速度消逝，取而代之的是尷尬跟不自在的神情。我完全能理解，畢竟把同學誤認成網友，實在是很糟糕的體驗。

「妳今天看起來……不太一樣。」他微微偏頭，指我難得一見的盛裝，隨後便拋棄我，低頭從口袋掏出手機，滑開螢幕飛快地點著甚麼。

手機在我手裡震動了兩下，我低頭滑開，看見他上一秒傳來的訊息，寫著：「抱歉，在約好的地方遇到朋友，有點小尷尬，能改見面的地方嗎？」

　　該回他甚麼好呢？我偷偷瞄了他一眼，他仍然帶著焦慮凝視螢幕，全然沒有在意我。明明是最後抽身的機會，我卻輸入了「我在你前面窩」這種甚至還在裝可愛的訊息，並且決絕地按了發送鍵。

　　螢幕顯示了已讀。他緩緩地抬起頭，跟我四目相對，表情十分複雜。我無意識地把手背到後面，扯著手指，看起來一定很扭捏作態，一定很不討人喜歡。

　　「妳就是沫沫？」

　　我說不出話來，只好小力地點了點頭，期待他跟一開始見面那樣主動露出讓人鬆一口氣的笑容，或跟第一次約拍一樣，一下子就打破沉默。

　　我期待他能把我從這份預感的絕望中拯救出去。可是他沒有。

　　他只是再看我一眼，露出跟以前那些人一樣的冰冷眼神，然後頭也不回地走了。衝突在一瞬間就結束了，或者可以說根本沒有開始──沒有吵起來，也沒有被大吼，明明應該鬆一口氣，甚至感謝對方才對，感覺卻比被大罵更糟糕，好像有甚麼被連根挖起了。

　　好像，整個人都被否定了。

　　我抹了抹臉，咬著下唇，用雙手環抱著自己，茫然地往宿舍的方向逃離，滿心都是後悔跟想哭的情緒──我就是個大笨

蛋！好好的在社群網站裡當個可愛的女孩子，跟他好好的當朋友不就好了嗎，竟然還想要把這份好感延續到現實生活，還想要更進一步，未免也太不自量力了。

下禮拜還要上課，下下禮拜還有期末考，總共還要跟他見面四次，我要怎麼面對他？萬一他回去在網路上散播我是網騙怎麼辦？要是他公開發文，讓我被肉搜、被不認識的網友嘲諷撻伐、被不認識的人轉傳懶人包、被大家羞辱醜女也想被稱讚怎麼辦？

無數的悲慘結局在我心裡縈繞打結，發酵成讓我無法招架的虛脫感。我怪他不願意給我足夠的友善，怪晴雯在我茫然的時候推波助瀾，其實我只怪自己。我怪自己一開始同意見面，怪自己抱著期待，決定用原來的面目赴約，在最後的機會時仍然執迷不悟，主動坦承了他心目中可愛的 coser，和課堂上那個無趣又畏縮的眼鏡妹是同一個人。

其實我並不怪罪他。被這樣欺騙，生氣也是理所當然。我像是旋風一樣捲進房間，發瘋般地剝下衣服丟到地上，拿著蘸濕卸妝水的化妝棉，用一定會傷臉的力道來回摩擦著臉，然後整個人窩進被窩，不管不顧地抱著枕頭大哭到睡著。

再次睜開眼睛的時候，窗外的天空已經黑了。每次在不正常的時候睡覺後醒來，總有種恍若隔世的感覺，一時之間，還以為剛剛的荒唐也只是個狂想，若不是孤零零躺在洗衣籃裡的那件洋裝成了血淋淋的鐵證，我真的以為，剛才的一切都只是

一場夢，明天早上還是能夠跟平常一樣，穿著普通的毛衣跟牛仔褲，坐在他旁邊，等他用筆戳我，小聲問我現在老師在講哪一頁。

可是當我點開手機，看到一連串來自社群網站的通知時，就知道大事不妙。我連忙打開程式，看見他在六點半的貼文標註了我。每讀一行字，我的心就往下沉一點，想吐的感覺倒是不停翻攪上來，讓我頭暈反胃。

「今天是有史以來最悲慘的聖誕節。興沖沖地約了暗戀幾個月的妹子見面，結果卻看到自己的同學。只好怒吃喝酒一波，希望明年不要再遇到這些破事。#悲傷聖誕節　#有沒有約面基結果也心碎的八卦」

底下已經累積了十來則留言，其中不乏帶著好奇的「怎？」與安慰的「拍拍」。想到他可能跟其他人說出我的事情，甚至幫我公開我的虛擬身分，我就一陣膽寒。

不知道該怎麼辦，我只好先關掉粉絲專頁，然後不抱希望地傳私訊給他，寫道：「你能不能至少不要標註我？也拜託不要跟朋友說我就是那個粉專主好嗎？欺騙你、讓你失望我很抱歉，我只是剛好也很喜歡你」

送出訊息後，我實在沒有勇氣繼續查看任何新通知，也沒辦法面對他可能會有的回覆，只能消極且逃避地關掉手機的網

路，拿出英國文學的課本，決定多少讀些書，一面讓自己分心，一面也確保至少學期能有個尚稱美好的結束。

翻開筆記本第一頁，就看見自己在中世紀羅曼史愛情教條的標題下寫著：「務必保密，戀情一旦見光，就會發生不可挽回的悲劇。」

我還是忍不住趴在厚厚的書上哭了，我早該知道的。人魚上岸之後怎麼可能會有好事。就連眼淚也不可能變成珍珠，只是整個人、整個經營好久的心血、整個自信，全部都化成泡沫而已。

沒有別的。就這樣了。

聽說每個人在經歷危機的時候，或多或少都會有世界毀滅的感覺。會覺得無法苟活，自怨自艾，抱怨他人，甚至希望明天就是世界末日，這樣就能一翻兩瞪眼，永遠裝死下去。

但是，人似乎都比想像得韌命。星期五早上，重新打開網路後，他的訊息跳了出來，寫著：「我已經把文刪掉了。昨天我也太衝動了，沒有考慮到妳不想被公開的心情。我也沒有跟其他人說妳的事情，妳可以重新打開粉專了，希望沒有造成太大的傷害，抱歉。」

所以，這就是結局了嗎？我鬆了一口氣，決定相信他的證詞。畢竟他才過了幾個小時就冷靜下來，應該不會再有更大的風波了吧。

　　嗯，這樣就好。沒有被揭露身分，被奇怪的網友群起攻之，已經是不幸中的萬幸了。

　　我稍微打起精神，換上米白色的套頭毛衣跟牛仔褲，紮起馬尾，畫了一點淡妝當作打氣，就踏著寒風往外文系走去。

　　進了教室，他罕見地已經到了，但沒有跟平常一樣，精神滿溢地跟我打招呼，只是對我點點頭，就繼續低頭滑手機。我也沒有立場跟他搭話，就只是安靜地放下書包，拿出課本，打開筆袋，等著老師繼續講解羅曼史。

　　第一堂課平淡地過了，下禮拜的第二堂課也這樣過了。網路上，之前熱絡的對話也一瞬間凍結，永遠停留在聖誕節早上，一切彷彿都是泡沫般的夢。我們的關係維持在奇妙平衡點上，不熱情也不生冷，不說話也不相看兩厭，一切都卡在中間，像是雲那樣說不清道不明。

　　不過，也許這樣才好。也許應該慶幸，在還沒開始之前就已經告終。說到底，我們根本也不熟悉，只不過是同修一堂課、下個學期就會分道揚鑣的同學；只不過是約過一次，之後再也沒有互動的攝影師與模特兒。在這個時刻，我全心感謝，我們的關係如此不堪一擊。

　　就這樣，學期跟我早夭的單戀一齊結束了。本來寒假也該如此平淡無奇，但一月中的時候，他卻突然發來訊息。

「妳也要去高雄的場次嗎？」短短的一句話，卻讓我又驚又喜，又不安又傷心。

本來以為他根本不會想跟我有任何聯繫，他卻還是看見了我發的預定文，並因此問我確切的計劃，到底是為什麼呢？是我太小家子氣了，還是他只是想避開我出沒的時間？

雖然內心百轉千迴，但我還是乖乖地老實回答：「我會跟朋友一起去哦，只去星期六下午。」

「嗯嗯，妳會出妳預定文的那個角色吧？手機遊戲的甄姬皮膚？」

「目前是這樣計劃，不過也可能臨時改成旗袍或小裙子，主要是為了配合我朋友。」

「嗯嗯，好的，那到時候讓我拍一些吧？可以嗎？」

「你想要的話沒甚麼不可以的吧」我一時大意，用之前那種親暱的距離同他說話。還來不及收回訊息，他就已讀了，還傳來一個寫著「ok」的熊貼圖。

到底他還想要甚麼，我實在不明白。

星期六當天，彷彿自虐似地，我放棄扮演成別人，而是穿了新買的魚尾裙套裝。妝容也不像以前出角時那樣誇張，雖然還是比平常濃一點、歐美一點，但還是能看出臉型的輪廓，能看出是我。

　　站在鏡子前面，看著似是而非的「自己」，不完美的地方仍然俯拾即是，臉仍然是圓的，鼻子也不夠細長。但不知道為什麼，明明等等就要踏入被品評外貌的場合，心情卻史無前例地輕鬆，甚至隱隱生出了些許自信，第一次，覺得自己或許也是美麗的。

　　抵達展區沒多久，我就順利地跟晴雯會合。今天我們並沒有和任何網友或攝影見面的預定，就只是漫無目的地逛著，答應陌生攝影師的拍攝提議，也跟一些路過的小孩合照。聽到年輕媽媽說我們像是娃娃時，不由得覺得有點好笑。

　　「妳還好吧？」晴雯問我，顯然很記掛上次聖誕節的事。雖然她大概有看到那篇短命的貼文，但也許是顧慮我的心情，一直沒有問我詳細的經過。

　　「應該還好吧。他那天凌晨傳訊息給我，說他太衝動了，一下就把文刪掉、也沒跟其他人說來龍去脈，還跟我對不起。之後兩個禮拜在課堂上也還好，雖然沒跟之前一樣一直亂聊，但也沒有特別無視還是怎樣。」

　　「是哦，那就好。」

　　「那妳一直看手機，是有人要認妳嗎今天？」

　　「喔，就他啊。」

　　「你們竟然還有約喔今天？」晴雯聲音內帶著的傻眼清晰可辨，大概是覺得我頑冥不靈吧。其實我也對自己的柘神經感到不可思議就是了。

　　「哦，對啊……我也不知道為什麼，他上禮拜四突然敲我，問我甚麼時候會到、穿甚麼，然後說想拍我。」

　　我打開聊天室，輸入「我們現在在同人場門口右邊，今天跟我朋友一起穿魚尾裙，如果你要來，我們可在這裡等」。過了幾分鐘之後，他傳來訊息：「我正在移動，能不能拍張照給我認？沒看過妳穿小裙子的樣子。」

　　「好窩」我拉著晴雯，拍了一張自拍，連著回答一起傳過去。

　　「妳們今天很漂亮！」他傳了這句話之後就消失了，大概是在趕路吧。

　　雖然覺得大概只是場面話，但我叛徒似的心臟，還是小小地雀躍了一下。

　　「抱歉讓妳們久等了！」過了十幾分鐘，氣喘吁吁的他出現在我們眼前。這次他坦率地對上我的眼，彷彿一切都一筆勾銷。

　　「妳是 Ariel 的朋友對吧？常常一起出去玩的那個……秀秀？」

「嗯嗯，哈囉。」晴雯的反應有點冷淡，也許是出於朋友同仇敵愾的心情吧，我並不了解，但總覺得場面有點尷尬。

「好，總之先來拍幾張照片吧？」他拿出相機，把鏡頭對準我們。

拍了幾張之後，他突然又換上有些侷促的表情，湊到晴雯旁邊嘀咕了一串。晴雯應聲，說「我先去洗手間補妝哦」，就往對面走去，留下不知所措的我。

「Ariel，我有東西要給妳。」他說著，從包包拿出一個紙袋。我接過之後，在他的默許下打開來，裡面有一張卡片，還有一束小小的乾燥花。

卡片上寫著：「兩個妳我都喜歡，第一次的見面雖然很失敗，但能不能再給我一次機會？」

「……。」我拿出衛生紙擦眼睛，不顧眼妝糊掉的可能。他似乎有點慌了，問我到底怎麼了。

我搖頭又點頭，惹得兩個人都哭笑不得，最後荒謬感還是占了上風，兩個人笑得像傻子一樣。

我斷斷續續地說著「我很開心」，一邊抹眼淚，一邊笑得露出牙齒，旁邊的人要是看到，大概會覺得我瘋了吧。

「謝謝你。」

「我也謝謝妳啦。」他似乎鬆了一口氣，也對我露出第一次見面那種燦爛的笑容。

「等一下一起去吃飯吧？」

「嗯。」我用力點頭，抬頭看見天空藍的不可思議。

那天，人魚拖著沉重腳步，經過石子跟荊棘的路上岸了。

岸上沒有王子，也沒有繁華的宮殿。失去了美妙的歌聲之後，她已經甚麼都不是，只是個普通的女孩子。

但是不要緊的。人魚終於接受了事實，不會因為心碎化為泡沫，而是抬頭挺胸地，跟喜歡她真身的人一起活下去。

國家圖書館出版品預行編目資料

愛情有邏輯嗎？／君靈鈴、葉櫻　合著.—初版.—
　臺中市：天空數位圖書　2021.01
　面：公分
　ISBN：978-986-5575-22-9（平裝）

863.57　　　　　　　　　　　　　110001264

書　　　　名：愛情有邏輯嗎？
發　行　人：蔡秀美
出　版　者：天空數位圖書有限公司
作　　　者：君靈鈴、葉櫻
編　　　審：璞臻有限公司
製 作 公 司：駿佳有限公司
版 面 編 輯：採編組
美 工 設 計：設計組
出 版 日 期：2021 年 01 月（初版）
銀 行 名 稱：合作金庫銀行南台中分行
銀 行 帳 戶：天空數位圖書有限公司
銀 行 帳 號：006-1070717811498
郵 政 帳 戶：天空數位圖書有限公司
劃 撥 帳 號：22670142
定　　　價：新台幣 210 元整
電子書發明專利第 I 306564 號

Family Sky

紙本書編輯印刷：
電子書編輯製作：
天空數位圖書公司　E-mail：familysky@familysky.com.tw　http://www.familysky.com.tw/
地址：40255台中市南區忠明南路787號30F國王大樓　Tel：04-22623893　Fax：04-22623863